거기, 내면

시와소금 시인선 · 050

거기, 내면

허 림

시와소금

글을 읽어보겠다고 어머이는 한글을 배우셨다.

시가 어머이 입맛에 맞았으면 좋겠다.

2016년 가을

동막골에서

| 차례 |

| 시인의 말 |

제1부 연분홍 치마가 봄바람에

제2부 이따가

제3부 저녁 한 끼

제4부 떠나야 할 때

해설 | 한승태

제 **1** 부

연분홍 치마가 봄바람에

내촌장

장마당을 서성대다가

얼굴 동그란 아낙네가 펼쳐놓은 다래를 조몰락거리는 것은
시월이다

괘시기 갬벌에 사는 아낙네와 똑 닮았다며 한 대접 담아 달라면

맛을 아시는구먼유 서리 맞아 쪼글쪼글 걸 좀 골라 드셔유라며

한 줌 덤으로 얹어 주는 것도 시월인데

시월은 다 가고

문내같이 스미는 그대 사랑만

빈 행간에 남는 것이다

연분홍치마가 봄바람에

산꾼 김씨도
땅꾼 장씨도
장마당 어귀 상남집 불판을 끼고 앉아 곰장어를 굽는다
흐린 하늘 탓에 먼 바다 해풍 맞은 소금기가 그리운 것이다
일찌감치 좌판 접고 대폿집에 앉아 내일 인제장을 부르는 것이다
속내의 정 여사는 할머이 빤스 석 장으로 마수걸이하고
신발장사 변씨는 장화와 농구화 두 켤레로 오전 장을 마치고
연장꾼 박씨는 호미 낫 몇 자루 팔고
골목식당 국밥집에 앉아 속을 달랜다
흐린 하늘같은 막걸리를 벌컥벌컥 들이킨다
간간히 면회 온 가족들이 산양처럼 기웃거린다
낯선 곳에서 낯설게 보이는 것들
바람에 비가 들이치고
안개는 진동 먼 산막으로 든다
뒷골목 처남댁에서 곤달걀 먹는다
꺼림직했던 처음은 어디가고
이젠 아무렇지도 않게 없어 못 먹는다

종묘사 처마 밑에서 어론댁이 부쳐주는 메밀전병에 대고
주모에서 나 앉은 상남댁은 맵니 짜니 궁시렁대다가
아침가리 최씨가 차고 온 돌배주 탓에
웃을 때마다 문내가 났다 연분홍속치마가
봄바람에 간드러지는 노랫가락이 자꾸만 새어나왔다

산벚꽃 터널을 지나다

중앙선 기차를 타고

주천역을 지나면서 몇 구비 고진한 터널을 들락거렸다

어둠도 슬픔도 깊은 먼 시간들이 와락 달겨들었다

터널 속에는 불빛을 기다리는 저녁 같은 어스름이 깔리고

좁다란 굴멍을 빠져나가는 목소리들이 울멍거렸다

다 빠져나왔겠지 눈을 뜨면

끝나지 않은 대출금 같은 비문의 그림자가 어른거렸다

열두 량의 객차가 다 지나간 뒤

귓속에서 더 웅웅대는 굴멍의 울음

덜컹거리는 바퀴에 맞춰 영월댁이 메나리를 흥얼거렸다

몰운동천 물방아는 열 두공이를 쓰는데
요 내 청춘은 멀로 생겨서 외공이도 못 쓰나

사내 복도 다 내 팔자래유 그걸 끌어안고 여지까지 오지 않았
더래유

머뭇거릴 틈도 읎더래유

터널을 빠져나오자 산벚꽃 흐드러진 능선이 하늘거렸다

봄이 왔다

간다

나비를 따라가다

어느덧 내면 장마당도 도토리묵처럼 어두워지고
달이 뜨고 솔부엉이가 운다
지난 봄 바다로 간 아이들이 하늘의 별이 되었다
별 하나가 점점 밝아지더니 살별처럼 사라진다
밤도 깊어 길은 더 어두워지고 슬그머니
기억에서 사라진 길 위로 나비가 팔랑거리며 난다
여기가 강이었나
나비가 비틀거리며 강을 건넌다
앞으로 가야할 길은 좌로 우로 돌고 돌고
오르막이거나 내리막일 것이다
가끔씩 집으로 향하는 길은 그럴 것이다

오음리 가는 길

네게로 가는 호수길 내내
붉게 물드는 것이 나무만이 아니라고 중얼거렸다

구름 한 점 수묵화처럼 번지거나
금세 어둠에 든 저녁 초승달 속말이거나
기억 속에 담아온 시간의 풍경, 가난한 생의 이면에 얼룩진
흑백사진 같은 것을

그대 사랑이 메밀묵처럼 칙칙해지면
딱 그쯤에서 돌아가자

달도 적막하여 더 붉겠다

지척

같은 하늘 아래 산다네

비 온다
문자하면

여기도 비 온다 하고

바람 분다 하면

여기도 바람 분다 하고

숨소리까지
여기서도 다 들린다고

같은 하늘 아래 살면서
마음만 오가는

외상

늦은 밤
울다 잠든 아이의 눈물자국을 닦아주며
더 소리죽여 울었다

새벽까지 우는 새의 이름이 생각나지 않았다

울지 말아야겠다고 다짐한
또 하루의 밤이 지나갔다

직탕폭포

지평선 너머 아마득 사라지는
쇠기러기 떼 울음 쏟아진다
겨울 진객이라는 흑두루미 떼 하늘 난다
철새라는 말이 눈발처럼 날린다
겨울에 자주 내리는 눈 낯설지 않다
더구나 엉겅퀴꽃빛깔의 놀이 지는 동짓달 저녁답
좁다란 방의 흙바람 벽 대폿집으로 가는
미끄럽고 더 없이 쓸쓸한 길
난데없는 폭포를 보고 싶다니
증말 난데없이 가는
장엄하고 캄캄한 밤
폭포소리를 상상하는 것은
물의 저안에 닿고 싶다는 뜻
하여, 북으로 북으로 북으로
척 닿는다
처음인데 낯설지 않은,
거기가 어디쯤인지 아물아물할 뿐

아무것도 보이지 않는 어둠 벌판

바람만이 뒤척대며 옷깃을 당기는데

가끔씩 짐승의 울음 먼 산을 에둘러 지나가고

먼 북쪽에서 넘어오는 눈발

지평선을 지우며 하얗게 쌓이면

볼떼기와 발끝이 조금씩 시려와

언 손 비벼 볼을 감싸고

자라모냥 머리를 빼고 둘러본다

마른 갈잎이 운다

이젠 싸락눈이 나리나보다

얼금배기 맷돌에 곡석 타개는 소리

아니 직탕은 그대로 벽처럼 얼어붙고

소리마저 하얗게 들리는데

목 긴 흑두루미처럼 울고 싶다는

까닭은 무엇일까

폭설

시가 눈사람처럼 왔으면 좋겠다

눈사람 그 자리에

민들레 같은 시가 쏙 돋아났으면 좋겠다

꽃이 피기 전에

밤나무 평상에서 먹는

쌈 맛이 났으면 좋겠다

큰말림 위로 복상 같은 달이 떠올랐으면 좋겠다

그 시가 민들레처럼 하얗게 피었으면 좋겠다

꽃씨로 훨훨

훨훨 날아가 당신 창문 아래 내려앉아

겨우내 눈사람으로

다 녹을 때까지 하얗게 살아도 참 좋겠다

서더리탕

살점은 다 발려내고
뼈를 울궈 맛을 낸다는 서더리탕
그 맛을 언제 보겠냐며
서울 하고 종로 3가 먹자골목으로 가잔다
을지로에서 청계천 건너 종로
서더리란 말이 골목 같다
구로공단으로 취직하러 올라왔다가
쎄 빠지게 일만하고 버려진 그 생선뼈 같다
살이란 살 다 발려먹고
버리기 직전 햇빛에 꾸덕꾸덕 말려
속까지 우려낸다는 서더리탕
붉은 그 아픔 맛깔스레 풀어내던
한 생의 튼튼한 뼈대
다시 맛을 낸 질곡의 시간
서더리 같은 저녁 무렵
노을이 종로 고층빌딩 사이를 붉게 지나갔다

신남장

수산리 어부 서씨가

돕바에 털모자를 쓰고

통닭집과 채소집 사이에 좌판을 깐다

메기와 미꾸라지는 고무함지에 풀어놓고

잉어와 붕어는 채반에서 얼었다

아침나절부터 비린내를 찾지 않는다

점심때 지나 술도 거나해지자

잿골 김씨가 빠가사리를 사러 나왔다

배때기가 노르스름한 빠가사리는 매운탕이 일품이라

맹탕에 푹 고은 뒤 건져내서 믹서에 갈아

고추장에 고춧가루를 풀고 감자 생강 마늘을 넣고 한소끔
끓여낸 뒤

미나리 부추 쑥갓을 넣고 한 번 더 끓인 뒤 먹어 봐

뜨덕국처럼 밀 반대기를 넣고 먹어 봐

소면을 삶아 말아 먹어 봐

속풀이로 먹을 때는 청량고추 다져넣고

먹으면 그만이라고 아 그만이고 말고

누구나 쓰린 속은 다 가지고 있지
누구 하나 거들떠보지 않는
어망마다 살얼음이 끼는데
수산리 어부 서씨와 잿골 김씨
빈 새우젓통 모닥불에 얭미리를 구우며
언속을 녹인다

동송장

춥다 춥다 해서

개털 돕바 몇 장 팔러왔다가

사람은 안 보이고 군인들만 기웃거려

피안의 절간 있다하여 찾아갔다

햇살 푸른 하늘

추녀 끝 고드름 발을 치고

노을이 창살마다 붉다

꽃잎에 고운 햇살 화색이 돈다

도피안에 가부좌를 틀고 앉아 바라보는 눈빛도 붉겠다

화두는 '붉다'에서 찾아야겠다 싶었는데

지평선 너머로 해가 지자

붉게 잡았던 화두를 놓치고

어둠에 든다

농밀하던 노을빛도 어둠에 스미고

창호마다 피었던 꽃도 문을 닫는다

어두워지면 집이 그리운 법이지

피안으로 가려는가

풍경에 매달린 물고기가 울고
어둔 하늘에 별이 뜬다
여기가 피안이라면
저 밖은 무엇일까
겨우살이 찾아든 느티나무 위로
재두루미가 날아간다
철마다 떠도는 피안의 거처,
따로 있겠냐
사랑하므로 따듯하면 그만이재
울며울며 날아간다

정선이라는 곳

오랜만에 만항재 넘어
천천히 구불구불 정선에 든다
'든다'는 말이 세상 끝인 것 같다
들다보면 저녁 지나
밤, 어느 성운처럼
정선은 반짝이는 저안이다
저안에는 아직도
낮 술 밝힌 골목과
밤 불 밝힌 아라리가 출렁인다
내 사랑도 깊어
동강할미꽃처럼 고개 숙이지 못할 거라며
무작정 먼 길을 가겠다는 마음 끊고
정선, 저안으로 든 적 있다
먼 산 어둠 잠기고 캄캄하여
되레 별빛 환하던 저안
황기뿌리같이 억센 말투도
아라리 몇 소절 걸쩍지근하게 엮어내

곤드래 밥처럼 부드레한

정선, 날마다 저안에 산막 한 채 짓는다

돌 탑

산중에서 마음 내려놓을 일이 뭐 있겠냐마는
그 절간 스님 속상할 때마다 돌 하나씩 얹어놓았다는데

바람 불 때마다 눈 뜰 때마다 낙엽 쌓이듯
알 수 없는 것들이 마음속에 쌓였다는데

그때마다 하나씩 얹어놓았다는데

마음 비울 새 없이
하루에도 수천수만 개 돌 쌓았다는데

이제는 기력도 달려 말도 못하고 입 다물고 지낸다는데

십년 째 묵언수행 중이라는데

누가 내 속을 알겠나
차 한 잔 건네면서 그 속내 풀어놓는데

돌탑은 안 보이고
적막강산 어둠만 깊더랍니다

옷

하루 종일 옷과 살았다

팬티를 입고 런닝구를 입고 그 위에 와이셔츠를 입고 청색
바지를 입고 넥타이를 매고 양복을 입고 추워서 그 위에 코트를
걸치고 장갑을 끼고 양말을 신고 구두를 신고 너를 만나고,

그와 악수하고 다방에 앉아 수다 떨고 헤어져 그녀를 만나
농담도 진담도 아닌 이야기를 하다가 헤어져 혼자 점심을 먹고
신문을 보면서 '저런 개 같은 일이 다 있나' 혀끝을 차다가

시내버스를 타고 서너 정류장을 지나 그를 만나 저녁을 먹고
나오는데 '물 좋습니다 부킹 백프로' 해드리겠다는 말에 솔깃해
하다가 그냥 들어와 옷을 벗었다

벗어 던진 옷이 귤껍질 같다 홀랑 발가벗은,

그늘에 누운 잠

적삼 등줄기에
땀이 흘러간 자국이 선명하다
콩밭 애벌매고 나온 등허리에서
한 짐 쪄낸 술빵내가 났다
목마르다며 막걸리에 감미를 풀어
밥 한그럭 말아 드시고
뒤란 평상 위 그늘 속에 든
적막한 대낮
둥글게 웅크린 잠
파리가 얼굴을 비벼대고
매미의 울음이 맴돌다 가도
지금은 세상모르고 강을 건너는 중
호박이 열고
옥씨기가 차고
감자가 알이 드는
여름 한 낮
그늘

제 **2** 부

이따가

월인천강月印千江

달이
즈믄 강에 뜹니다

낮은 곳으로 흘러가는
길이 환합니다

달은 하나뿐인데
천강에
다 뜹니다

비, 탄주하다

달의 이면은 젖무덤처럼 말랑말랑한 것이어서

늘 그쯤에서 바라보는 생의 뒷면처럼 푸르고 깊은 것이어서

빛이 길어 올리지 못한 바다에

스스로 불 밝히는 그대 사랑만큼 환한 것이어서

오래 전 쓴 편지의 한 귀퉁이가 나풀거린다

뒤돌아봐 그리워하는 것들은 뒤에 있다

앞만 보고 달려온 이마에 바람처럼 와 닿은 문장

낯설거나 청승맞은 생의 이면은 얼마나 황홀한가

문밖에 비는 안으로 스며들고

그대인 듯

밖에 누가 왔수

양철집 지붕 궂은 빗소리

또 나를 불러낸다

정애비

엄마는

허수아비를 정애비라 부른다

나도

허수아비를 정애비라고 부른다

허수아비를 정애비라 부르는 건

우리 마을에서는

그저 그런 말인데

젖소를 보고 얼룩송아지라고 부르는 애들이

허수아비를 정애비라 한다고

시골뜨기라고 막 놀린다

붉은 시월

시월의 붉은 노을은 어디로 갔나
여인이여 붉은 입술이 시월을 끌어당긴다
귀만 열면 뚝 그친 벌레 울음이 들리고
오랜 사색 끝에 절박한 낱말 하나
툭 던지듯

시월의 붉은 노을은 어디서 잠드는가
석류가 익기도 하고 문득 내일이 그리워지기도 하다가
전설같이 살다간
울 밖 지구자나무 울음같이

시월의 붉은 향기를 품는,
적막이여
노을이여

이따가

서울 간다고 하면
'아직 젊구먼'
하시던 어른들은
다 소나무나 참나무가 됐을 테고
내가 그 말을 하는 나가 된 것인데
오랜만에 서울 왔다가
누군가가 보고 싶어 전화를 하면
'반갑네. 어쩐 일이야. 이따가 만날까'
그 이따가 라는 말이
우리집 밤나무에 걸린 달처럼 환해지기도 하는데
그래 이따가 하늘에서 뜬 달이나 같이 보자
서울에 달이나
동막골에 달이나
마음처럼 둥글어지기도 하고
이즈러지기도 하는 것 아닌가
이따가 달뜨면 전화할게
그때 나와

뒤

바람
다 지나갔어도

꽃잎은
여전히
떨리고

까치집에 둥지를 튼 흰점 날개의 검은 새

전봇대 위 까치집에서 날아가는 새를 본다

까치가 아닌 낯선 얼굴의 검은 깃털을 가진 새

큰말림 숲속 북쪽하늘로 날아간다

몇 번의 날갯짓으로 가 닿은 숲에서

잠시 후 날아갔던 하늘을 가로질러 그가 날아왔다

노르스름한 부리에 뭔가 물고 하늘을 껴안을 듯 날아든 새의

날개에는 흰점이 선명하다

하루에도 몇 번씩 집을 들락거리는 새의 날개를 유리창처럼

바라본다

날개의 흰점은 하늘을 날 때 더욱 희게 보였다

흰 빛의 감각들이 태극처럼 둥그러졌다

나는 고추밭에 물을 주다가

늦은 오후에 감자를 캐다가

전봇대 위 까치집을 바라보았다

놀랄까봐 고요하게 바라보았다

새는 아랑곳 않고 둥지 속으로 들어갔다

둥지에선 어린 울음소리가 들려왔다

내 두 주먹만 한 새가 날아 나오자 울던 울음이 뚝 이내 고요
하다

까치집에선 새끼들이 흰점 날개 새가 날아드는

하늘 이쪽저쪽 내다보다가 그림자처럼 다가오는

흰점 날개 새의 기척에 목을 빼고 주둥이를 벌려 먹이를 달라
고 했다

목축일 새도 없이 어미 새는 숲으로 날아가고

칠월의 여러 날 동안 마른번개가 치고 햇빛은 쨍쨍했다

푸른빛은 이내 널브러지고 어쩌지 못하고

시든 감자 싹을 걷어내고 호미질을 한다

이 가뭄에 감자알이 들다니

햇살이 키운 감자에서 햇살그물무늬를 본다

감자를 캐다말고 흰점 날개의 새가 하늘에서 사냥하는 걸 본다

노르스름한 부리에서 벌레가 탈출한 모양이다

몇 번의 날갯짓과 공중제비로 이내 벌레를 물고

전봇대 위 까치집으로 날아들고 어린 울음소리가 들려왔다

흰점 날개의 새가 남쪽 밤나무로 날아가자

까치가 날아와 까까깍 짖었다
집세를 받으러 온 주인인 듯 했다
둥지 안 어린 새들은 아무도 없는 듯 몸을 낮추고
흰점 날개의 어미 새가 날아오기만 기다렸다
그는 땅거미 들 무렵 둥지위에 날아와 앉았다
전봇대 위 까치집의 어린울음소리가 더 크게 들렸다
햇살 독이 든 퍼런 감자가 유난히 많았다

11월

나뭇잎 한 장씩 내려놓을 때마다 하늘 닿는 길이 환하다
푸른 시간마저 그리워하지 않을 가을에 이르러

붉은
고요에 든다

바람을 탁발한다
마지막 공양이다

사랑처럼 왔다

그냥 너머 가려니 했지
헛기침 몇 번 하면 고개도 넘어갈 낫살 아닌가
비행기재도 휘 넘던 그대여
쉬 보내드리려 했는데
뭐 할 말 남았다고 목울대에 가로앉아
숨소리 말소리 들춰보자는가
금시 갈 그대는 아니구나
한번 몸에 든 사랑은
뜨겁게 열나게 들끓어야 하는구나
끓어오르는 가래를 뱉어내고
으실으실 떨리는 몸
살기를 내려놓아야 하는구나
이불을 끌어다 덮어도
왜 이리 시린 것이냐
살 속을 어슬렁거리는
그대가 멈칫거리는 자리마다
쑤시고 저리다

그런 상처를 남겨야겠나
이미 내 몸은 상처로 넘치는 것을
오랜만에 찾아드는 사랑
넘치면 웬수라 아니 하더냐
내 펄펄 끓는 몸 하나
가릉가릉 우는 목젖
그냥 네게 맡기는 것이니
한잠 푹 자고 살푸시 뛰쳐나가거라
그래야 몸살이지

눈은 늘 밖을 향한다

어미닭 날개 속에 숨어 밖을 살피는 병아리들

삼칠일 만에 세상을 보는 눈은 밖으로 향한다

ㄲㄲㄲㅇ 기다려라

그녀는 눈들을 어둠에 가둔다

ㄲㅇ ㄲㄲ ㄱㄱ ㄱㄱㅇ 아직은 어둠이 안전하단다

ㅃㅃㅃ 밖이 궁금해요

ㄲㄲㄲ ㄱㅇㅇㄲㅇㄲㄲ ㄲㄲ 때가 되면 가지말래도
가야한다

잡으려 해도 잡을 수 없는 그때까지

눈들이 바라보는 바깥은 환상이다

믿어라 믿어 달라

불안을 믿을 수밖에 없는 시간이 흘러가고

유언이며 비어의 말들이 햇살처럼 환하다

ㅃ ㅃㅇㅇ ㅃㅃㅇ ㅃㅇ 밖에 아니, 빨리 어른이 되고
싶어요

그녀는 아무도 눈치 채지 못하게 울음의 언사를 펼친다

때로는 목을 빼고 목털을 세우고

때로는 날개를 부풀려 위협을 하며

급기야 발톱을 세워 지렁이를 잡고

부리로 급소를 쪼아댄다

ㄲㄲㄲㄲㅇ ㄲㅇㄲㄲ ㄲㅇㅇㅇ 산다는 건 단순한 놀이다

수없이 알을 낳고 죽을 고비에

놀이를 즐기는 일이 어디 쉽겠니

늘 말세의 길을 가듯 경계해야 한단다

눈의 바깥은 나를 부르는 손짓으로 나부끼지만

그냥 봐라 보일 것이니

그녀가 어린 눈들을 불러들여 깃 속에 품는다

어린 눈들은 밖을 향한다

겨울 자작나무숲

드디어 차례가 되었다
내 차례가 되면 부르겠다고 마음먹은 노래는 이미 앞에서
불렀다 내 차례가 되면 부를 노래 생각하는 동안 내 차례가
되었다 안 나오면 쳐들어간다 생각나는 노래 제목이, 그 노래의

노래의 첫 마디가 기억나지 않았다
반주에 맞추어 입속에서 콧소리로 뭉쳐지는 음정들의 허밍
기억해야할 것이 기억되지 않는

너는 사라진다 끝내

첫 구절이 누군가의 입을 빌어 시작되고 이내 다음이 사라지고
입속에서 콧소리로 얼버무리는,

어둠처럼 기억나지 않는 노래
세상 넓은 빈 곳이 흰빛의 문장들로 빛났다

제 **3** 부

저녁 한 끼

저녁 한 끼

어둠이 경전이지요

불을 끄면 다 사라지고
텅 빈
적막이라는 법문이 열립니다

그믐이 멀기만 한 섣달 초하루
가늘게 눈을 뜬
샛달이 날을 갈고

큰말림
솔부엉이
휙
낚아 채갑니다

캄캄한 밖입니다

후동리 어개 동갈나무 농을 듣다

오백년을 산 동갈나무와 백년쯤 된 만지송이 마주보고 서서 고개 넘나드는 구름과 바람과 햇살을 안주삼아 마을 안 식구들의 안녕과 슬픔을 농 섞어 풀어놓는다는 풍문, 누에 한 잠 들 무렵 돌았다

산너메서 시집와 삼십년이 넘도록 고개 어개에 사는 그는 농을 치든 말든 챙 넓은 모자를 눌러쓰고 논에 엎드려 모를 이거나 고추모판을 들고 텃밭으로 가면서 왜 이리 햇살은 뜨겁고 깊냐고 투덜댄다는데,

그뿐인가

가난뱅이한테 시집 줬다고 자리보전하고 일어나지 않았다는 친정아부지의 얘기가 유월 산맥처럼 밀려왔다는데 큰아들 낳구 작은 아들 낳구 살림이 하나씩 늘어나 살만하다 싶을 때 인삼 팔아 장만한 꽃등심 한 쟁기와 양주를 싸들고 갔더니 양주는 마당에 내 던지고 막걸리 주거니 받거니 마시고 속내 다

풀었다는 그렇고 그런 풍문인데

늘 구미고개 넘을 때마다 금줄에 소지 걸듯 속내 털어놓으 면
동갈나무는 알았다는 듯 푸른 잎사귀 흔들어 서늘한 그늘을
풀어 놓는다는데

그러거나 말거나

'저 해 좀 봐유. 엄청 힘들었나봐유. 시뻘겋게 넘어가네유.'
길 인사하더란다

오음을 듣네

툇마루 끝에 앉아 오음산 바라보네

비가 쳐들어와 오음의 능선이 안개처럼 흐려지네

번들개가 앞서 오고 뒤따라 천둥이 쿵쾅대며 오네

소나기였네 온 밭자리 다 적시며 오네

마당 가득 물이 차 흐르고 빗방울 방울방울지네

빗소리에 오음이 들리네

전설처럼 누대를 이어온 툇마루 끝에 앉아

간장에 조린 애감자를 먹으며

일력을 찢어 배를 접어 빗물에 띄우네

빗물이 배를 끌고 어제로 흘러가네

멀리 어디까지 갔을까

비는 천천히 오음산을 돌아오고

배는 젖어 남실남실 오음을 돌아가네

내안의 사금파리 같은 노래가 빗소리에 섞이네

멀리 구미고개 동갈나무가 오음처럼 보이네

바람개비가 바람을 안고 돌아가네

바람의 흥분이 쉬 가라앉지 않네

빨갛고 노랗고 파란 선명한 바람처럼
빗줄기 가늘어 지네
안개가 블라인드처럼 감겨 올라가네
오음의 능선이 푸르러지네

싱싱한 뼈

주문진 바다횟집에서

회 다 먹을 때까지 입을 뻐끔대고 있는 도다리

살점 들어낸 참빗 같은 등뼈

싱싱한 그대로 매운탕 속으로 들어간다

늦은 저녁의 만찬

술잔에 섞이던 문장들이 비틀거리는 동안

살 한 점 한 점 뜯겨 나갈 때도

눈알만 굴리더니

맵고 뜨거운 탕 속에 들어가

눈은 멀고 입은 다물지도 못한 채

부글부글 끓고 있다

속내를 알 턱없지만 아직도

도다리 눈이 오른쪽에 붙었는지 왼쪽에 붙었는지

뭘 보고 뭔 말 하려고 뻐끔거렸는지

에둘러 은유라 읊조린 건 아닐까

시가 멀고

내가 낯설다

오랜 몰락의 시간

시골 빈 집
흙벽이 무너지고 있다
비 와 젖고 눈 와 젖고
젖었다가 얼다가 녹으면서 비어 있는
시골의 한 풍경,
한서방네 집이 비워지고
버드나무 신당나무 물푸레나무 크더니
칡이 찾아와 빈방을 어슬렁거린다
며느리밑씻개가 벽을 기어오르며
세상 손 잡아주길 기다리다
캄캄하게 무너져 내린다
늙어 죽고 나면 누구나 떠나고
오랜 몰락의 시간이 찾아오면
사람이 살지 않는 집에는
어둠이 들고 스스로 무너져
처음으로 든다

풍경

수타사 적멸보궁 처마 끝
풍경

바람이 매달린다
소리가 놓지 않는다

바람은 소리에 매달리고
소리는 바람을 부여잡고

풍
경
풍경

소리는 바람을 거스르려는 게 아니다
바람은 소리를 품으려는 게 아니다

소리는 소리대로

바람은 바람대로

풍경이다

바람을 맞아들이며
소리를 놓아주는

그대
웃음이다

첫 장

'붉은 가슴' 이란 시집을 펼친다

햇살이 반쯤 얹히고

그늘이 반쯤 잠긴다

시집의 무게가 낯설다

낯선 시의 행간

물소리가 흘러간다

물을 따라 가면 그 마음을 건드렸던

구름이나 눈발 같은 적막이

바람의 안쪽

핏줄의 맥박처럼 따뜻하겠다

처음 펼치는 시집의 첫 장이 떨린다

낯선 듯 처음처럼

* 붉은 가슴 : 조성림 시인의 시집 제목에서 따옴.

어느 노을의 기억

한번 지나간 길은 통속적이다

이 무렵 이쯤 피었던 꽃
술패랭이꽃의 향기

어느새 나도 적요를 품은 들꽃처럼
말수가 적어졌다

길이 길에 닿듯
고요는 엉겅퀴와 뻐꾹채와 조뱅이와 산비장이 꽃에 닿아
적막하다

꽃만 피어
노일강 붉은 노을 불러낸다

푸른 혓바닥

말 못한다고 그러는 게 아녀
말 한다고 해도 그러믄 안 되는 겨
지 새끼 품지 못하는 뻐꾸기 봐라
멀리서 지켜보는 에미 애비의 속 타는
저 울음소리 들어보란 말이다
딱새만 보믄 바보 같다 하겠지만
오죽하면 남으 집 둥지에 알을 낳겠나
원래 남으집살이는 고된 겨
그렇다고 뻐꾸기가 잘 했다는 거 아녀
다만 뱉을 말이 있고 삼킬 말이 있는 겨
한번 내민 혓바닥으로 올곧게 사는 즈것들을 보란 말여
뉘가 와서 지랄 발광을 하더라도
한마디 말도 안 하잖여
꿈 참았다가 한번 내뱉는데도 을매나 뜸들이냐
들을 소리 할 소리 다 묻어오는 바람마저 걸러내어
내미는 푸른 혓바닥을 보란 말이다
그냥 보여만 주는 것인데

맴 속에 응어리진 우울의 뿌럭지가 쑥 빠지는 걸 알제

시상에 선상님들이란 가르치는 것들만이 아닌 겨

뭐시더라 그려 보여주기만 해도

좋은 스승이 되는 벱이여

내는 다른 건 몰라도 푸른 혓바닥을 내미는

낭구들의 말을 귀에 담고 맘에 담네

설사 저걸 다 들었다 혀도

푸른 혓바닥으루 쓴 낭구의 시 한 구절

제대로 읊은 적 읎네

그저 있는 거 기냥 보여주기만 했는데

맘을 잡네

훌쩍, 춘천에 닿다

어쩌다 춘천이라도 가는 날이면
권 시인이나 이 시인이 보고 싶기도 하지만
거진 반은 소양강가 작은 카페에 앉았다가 온다
어쩌다 춘천이라 가는 날이면
나처럼 어쩌다 춘천에 온
누군가를 만나고 싶어지는 것인데
소양강이 저녁놀에 붉어지도록
아무도 만나지 못하고 오곤 한다
아무도 만나지 못하고 와도
춘천은 왜 야속하지 않은지
춘천은 왜 또 그리워지는지
소양강가 작은 카페에 앉아
안개가 피어오르거나
마음 가득히 수평선처럼 차올랐던
강물소리 들은 것만으로도
봄물처럼 푸르러지는 것인데
어쩌다 춘천이라도 가서

어찌 사연이 없겠냐는 듯 밀려오는 푸른 발자국이나
안개에 인이 박힌 나무들이나
물소리에 늘 젖어 있는 다리를 건너는
바람난 연애를 떠올리며
훌쩍 다녀오고 싶다는 것이다

오월에서 유월로

기근이 들고 돌림병이 창궐했다
더러는 집 떠나거나 정감록에 기록된 깊은 산중으로 들어
산채나 캐 먹으며 살겠다고 했다

이것도 유언이고 비어라 잡혀갈지 모른다고 했다
사람 많은 데 나다니지 말고 방구석에 들어앉아 텔레비전
보라고 했다

긴급뉴스가 지나가고 속보도 지나가고
남쪽 먼 마을 전체가 통제되었다는 자막이 개콘 재방에 떴다

문득 낙타고기는 짜지 않을까
사막을 건너면서 햇빛과 밤이슬 받으며
눈물도 피도 땀으로 쏟아내는 그 맛

하루 수십 명씩 창궐하는 돌림병이 산골짜기까지 닿지않을까
누군가 카톡으로 문자를 날린다

'낙타의 눈썹이나 고기 우유 그 옛날 낙타표 성냥 켜지 말고
캐러멜도 먹지 말 것'

혹시 처마 밑에 둥지를 튼 제비가 사막을 건널 때
낙타 똥이나 낙타의 눈물로 목을 축이고 오진 않았겠지

별 게 다 맘에 걸린다

칼국수 먹는 늦은 저녁

늦은 저녁
늙은 어머이가 끓여주시는 칼국수를 먹는다
늦은 밤이었는데도 먹고 싶다하니
예전의 그 솜씨로 반죽을 했다
콩가루도 듬뿍 넣어
도마에 쳐대고 드디어
홍두께로 밀고 칼로 썰어 끓이셨다
그 옛날이 다시 돌아온 듯
척척 신 꼬달무 김치를 얹어 먹으며
이마에 흐르는 땀 연신 훔쳐낸다
밖에는 눈이 내리고
내가 돌아온 발자국이 눈 속에 묻힌다
참을 수 없이 죽을 것만 같던 날들도 다 지나가고
더러는 슬퍼지기도 하고 그리워지기도 하겠지만
늙은 어머이는 한 국자 더 퍼 담으시며
속 풀리게 훌훌 불며 먹으라고 하신다
나는 사막을 걷는 아라비아인처럼

머리 수그리고 또 한 그릇을 비웠다
얼굴은 또 땀으로 눈물이며 콧물이며
할 것 없이 범벅이 되었다
동막골로 들어오고 나가는 길은 눈에 빠지고
며칠 푹 쉬라는 늙은 어머이 말씀만
이명처럼 웅웅거렸다

붉은 맛을 읽다

혀, 그 붉은 깊이를 안다

시간의 무늬를 더듬어 미세한 맛을 읽는다

동굴 깊이 숨은 어둑어둑한 맛을 당긴다

때때로 눈먼 사랑처럼 그대가 낯설어질 때

세상 끝에 닿은 혀끝이 말문을 연다

달고 쓰고 시고 짠 맛의 경지를 넘어

혀는

행간의 맛을

처음 같은 기억을 더듬는다

그 붉은

첫사랑 같은

가뭄

바닷가 쪽은 가뭄이 들었다

바다엔 물이 넘쳤으나 목이 말랐다

겨우내 바람이 불고 풀잎은 사각거렸다

카톡으로 문장이 날아왔다

직장 구했냐

여러 군데 이력서만 넣었다

눈알이 깔깔하다 겨울이면

안구건조증에 걸린 눈이

산수유열매처럼 불그레하다

오랜 풍습처럼 숲속 산책을 했다

대개 얼굴은 감추고 마냥 걸었다

바람이 몸속으로 들어 모래처럼 서걱거린다

바다를 배경으로 셀카를 찍는다

웃음처럼 파도가 부서진다

구름이 물려와 모래톱에 걸린다

어둠이 축축하게 스민 그물코마다

파도소리가 가득했다

먼 곳

초이틀 실낱같은 달이 뜨고

오억 광년 전, 별의 기별

지칭개 꽃술에 닿는다

늦은 밤 검은등뻐꾸기 운다

고도를 기다리며를 다시 읽다가

등이 가려워 혼자 긁지 못해 애쓰다가

결국 곰처럼 기둥에 등을 긁는다

마음만 닿아 있는 그대는

먼 곳이다

귀여운 농담

강원도 홍천하고
동막골에 사는 내가
오랜만에 서울 가려고 이른 새벽부터 서두르고 있다
늙은 어머이는 새벽밥을 짓고
나는 가마솥에 물을 데워 머리를 감고
장롱에 넣어두었던 속내이도 꺼내 입고
장날에 사주신 비니루 구도도 꺼내 닦았다
하루 세 번 오는 버스를 타러
고개를 너머 간다
어머이는 가면서 먹으라고 삶은 계란과 고구마를 싸 주신다
한 눈 팔지 말고 잘 댕겨 와

그 옛날이나 지금이나 서울은 멀다
아무리 잘 차려 입고 가도 몸에선 풀 내가 난다
나는 갈 때마다 멀미를 한다
멀미는 제 울음 잃어버리지 않은 멧새 같다
울렁울렁하다

어머이는 멀미가 나려하면 흙내를 맡으라 했다
서울 흙내를 맡으면 더 멀미가 나요 하면
비싸서 그럴 게야
하하 웃으신다

제 **4** 부

떠나야 할 때

괴석리 연애바위에서

너벙바위 정류장 의자에 표범나비가 잠시 쉬었다 다시
나풀거린다

길들이 물길을 닮아 구비친다

햇살이 물푸레나무잎사귀에서 머뭇거린다
그늘 아래 물소리 연애바위를 더듬는다

꽃 찾는 법을 배운 적 없는 벌들이 꽃에서 뒹군다
만화방창 꽃이 지천이다
피고 지고
지고 피고

곤드레 어수리 누리대 두릅 오갈피 엄나무순 미나리싹 잔대
취나물 삽추 더덕 따위의
푸른 비린내 흘려가는

연애바위에 앉아 목덜미 매만지고 가는 물소리를 듣는다

거기, 내면

생태적 인간들이 내면에 산다
텡가리나 꺽지 뚜구리 같은

길순이는 가덕에 살고 종복이는 절애에 산다 영만이는 귀향하
여 집을 지었고 지은이는 성을 짓겠다고 날 풀리길 기다린다
다들 성 하나씩 차지한 셈인데

성 생활이 어떤가 내면에 들면

춘하는 족대질을 한다 텡가리 뚜구리 꺽지 깔딱메기 모래무지
정도가 내가 아는 내면의 물괴기들이지만 갈겨니 쉬리 개리
어름치 열목어 묵납자루 돌고기 미꾸리 기름종개 붕어 장어 메기
돌무지 무지하게 많다

길순이는 불을 땐다 마른 낭구 젖은 낭구 가리지 않고 기막히
게 불을 잘 넣는다 아궁이에 앉아 좀 거들라치면 '

그 뭐시냐 좀 때봤냐 쑤석거리지 마라 불 꺼진다니 마누라
도망간다니'

비료푸대에 담긴 괴기들이 장난이 아니다 어린 새끄래기들
놔주고도 댓 사발이다 노강지에 무꾸를 삐져 넣고 막장 풀고
종복이네 집에서 따온 표고에 만삼도 좀 눟구 대파도 어슷어슷
썰어 눟구 참낭구 장작에 불을 댕겨 설설 끓두룩 우려낸 뒤 그
국물에 서너 사발 괴기를 눟구 달치도록 끓여내면

맛이랄 게 있나 '좀 먹을 만 하다니'.

내면에 들면 여태 저런 얘기가 이 계절 눈처럼 내리는데
내면하고도 웅숭깊은
고로쇠낭구 같은 원주민들

내 시는 여직 거기, 내면에 머물러 있다

첩첩산중

하우고개 너머 맛바위 지나

신 방 너 매 – 진 덕 너 매 – 다 랫 재 – 삼 막 골 – 지 칠 폭 포
–동가래–멍석바우 지나면

이끼 푸른 신봉절터 석물들

'누구 없소' 부르면

'누구 없소' 맴도는 물소리

다시, 멍석바우–동가래–지칠폭포–삼막골–다랫재–진덕너매
–신방너매–맛바위–하우고개

뒤돌아보면

그대

첩첩산중

눈먼 애인의 등에 시를 쓰다

등 보이기 싫어 늘 먼저 보내고 난 뒤 일어섰다 잠시 눈 감았
다 뜬 것 같이,

다시 내게 돌아가
누군가 만날 수 있을 것 같지 않은,
늦은 저녁의 비애가 더 캄캄하고 축축하다는 것

어찌 사랑만 하고 살겠냐고 우는 눈먼 애인의 그
어둠의 등에 어설픈 시를 쓰며
발끝도 덤덤하게 내려다보고 별이 지는 하늘도 적막하게 바라
보는 것

나뭇잎 지는 그 낮은 소리와 어둠이 깊어 푸르러지는 산마루,
그 너머로 사라지는

마음만 절룩거리는 빈자리

철원

눈 다 녹고 달롱 나생이 씀바구 캐는 계절이 오면 나보다
조금 덜 멍청한 애인을 만나야겠다 철원은 지평선이 보이는 너른
땅이라 아침엔 동쪽 지평선에서 뜨는 해를 보고 저녁엔 서쪽
지평선 너머로 해넘이하는 노을을 보겠다 애당초 징징대는 시는
때려치우고 두루미처럼 낱알을 주워 하루하루 살겠다 이렇게
살겠다는 사내한테 누가 오겠냐 싶지만 인연이 아니겠냐 그이가
강이나 산 물고기나 꽃이나 나무를 좋아한다면 종일토록 함께
하겠다 하루는 한탄강바닥에 널린 돌 가슴 숭숭한 돌을 주워
맷돌을 만들고 구멍에 좆 맞추고 손잡이 맞잡고 맘껏 부른 콩
드렁드렁 맷돌질하겠다 사는 만큼 정도 들어 대충 콩탕도
뒤비도 비지장도 입맛에 들거구 좀 남으면 청국도 띄우고,
그렇게 살다가 토라져 서로 보고 싶지 않을 땐 직탕폭포에 뛰어
들어 꺽지 몇마리쯤 건져와야겠다 맘도 풀고 속 푸는 데는 매운
탕만한 게 또 있을까 뜨겁게 한 대접 퍼먹으며 술 한 잔 하다보
면 겨울도 가고 봄이 오겠지 봄에는 텃밭을 얻어 푸성구도 심고

정말 올까

정말 기다림이 길다

노량 가니 좋구나

어머이, 얼릉 차 타시유.

얘가 왜이래?

저기 갑시다. 지금이 딱 좋아유. 구비구비 꽃이 구름처럼 피는 큰 고개 후딱 다녀옵시다.

어딜 가자는 거냐.

가다보면 압니다.

알구 가는 길이 어디 있다구.

그래두 갑시다. 정오의 해가 뜨는 저기, 아, 어머이도 아마 처음 아니것수. 수태 길을 다 갔다 해도 가다보면 처음처럼 또 살아보고 싶지 않것냐구유. 정계 함 대관령 넘을 때 '아이구 추운 눈밭에서 풀을 뜯는 양새끼들 구엽기도하지' 하던 그 양새끼들두 보구, 고갯마루에서 멀리 퍼런 바다두 보구, 살아 꿈틀대는 문어도 삶아 먹구. 얼릉 후딱 다녀옵시다.

가긴 간다만, 길이란 그리 만만치 않은 게다. 갔다 온다하고 여지 못 오는 그 많은 것들. 그들이 아직 바다든 하늘이든 아직 오는 중인데, 니는 아직 모를 게다. 내는 니 간 길 다 가봤잖느냐. 볼 것 못 볼 것 다 보지 않았겠냐.

참 울음도 많고 웃음도 넘치는 게 세상이다. 믿지 말란 게 아니다. 산을 넘자면 개울도 건너지 바위등강도 넘어야지, 자빠지고, 미끄러지고, 대가리 터진 일들. 돌아보니 다 보이는 거다. 이왕이면, 얼릉 다녀올 게 아니다.

눈깔 크게 뜨고, 천천히 노량 가자구나. 그래도 다 간다. 내 처지가 딱한데, 세상에 열손가락 안에 든 들 뭐하겠냐. 그런 허울보다 인자래도 노량 살아보구 나서 그때 다시 얘기하자 구나. 으떠냐 좋자.

아무럼유.

눈

멀리 와서 보니 알겠다

내가 사랑한 사람이 누구였는지

이렇게 멀리 와서

개뿔 같은 자존심 다 내려놓고

가장 먼저 누구의 이름을 불렀는지

살면서 실패작이라 했던 운명 같은 너

이렇게 멀리 와서 울음처럼 불러보는 이름

가장 아파할 사람과 사람 사이

내리는 눈

뿌드득 뿌드득 밟고 오라고

하얗게 지우며 오라고

멀리 와서 보니 알겠다

눈이 하얗게 내리는 까닭을

뱀

아버지 산소에 가다가 새끼줄을 보고 놀랐다

뱀인 줄 알았네

정말 뱀이 새끼줄이었다면

새끼줄이 정말 뱀이었다면

거기 우굴거리는 뱀처럼 고개를 드는

몸뚱이는 없고 깃털이나 잘린 꼬리만 수두룩한,

마침표 찍을 수 없는,

뱀인 줄 알았네

몸의 사전

몸도 생물이라
몸이 받아들인 물과 바람의 언어가 어찌 같겠냐
사투리 짙은 말투로
경상도하고 영양이 태 묻은 고원이라고 했다
오지랖 넓은 백두대간 끝자락
산기슭마다 나물이 지천이라고 했다
엄마를 닮아 나물을 좋아한다고도 했다
나물을 먹을 수밖에 없던 시절 탓이라고
어쩔 수 없는 선택이었다며
그녀는 애써 나물을 멀리했다는데
내 만나 첩첩산중에 들어
맛이나 보라며 뜯어 준 풀떼기
엄마가 먹어보라며 주던 그 맛이라 했다
영아자 혹은 미나리싹을 두고
그녀는 모시딱중이라고 했다
뜯은 자리마다 허연 진이 나오는데
외례 젖처럼 달다고 했다

딱주기가 뭔지 몰라도
산에 들면 먹는 거 안 먹는 거
다 안다는 그녀
모시딱중이에 배인 맛이
사람답게 키웠다는 것을 깨닫는다
사전에도 안 나오는 그 말이
모시딱중이 뿐일까 뜯어보고 먹어보고
몸으로 배운 몸의 사전
홀랑 훔치고 베끼고 빌려다 쓴다

봄에게

산괴불주머니 노랗게 피었더구나
밭둑서리마다 꽃다지 노르끼리 하더구나
벌써 봄꽃이 다 피었더구나
죽령 아래 풍기서 보낸
춘서를
스팸인 줄 알고 버렸다가
다시 꺼내 읽으며
겨울과 봄 사이 고랑 사이사이 드문드문 돋은
나생이 달롱 쏙새같이
맵싸롬한 그대를 생각하는 저녁
어룽어룽 복사꽃이 피고나면
발그레 살구꽃이 피고
붉은 작약 흰 작약
만화방창 꽃들이 폭발했다고
답장 쓰려 머뭇거리는 사이
드릅적 먹어유 드릅적
소리치는 월남댁이

어느새 그 맛을 알았다고

웃는 봄밤

당신이 온 거 맞죠

말의 무늬를 읽다

햇살처럼 그 많던 사투리는 어디로 갔을까
나무나 풀처럼 무성하던 사투리는 어디로 갔을까
가끔 보이지 않던 별이 살별처럼
장마당에서 들려온 말 한마디
-함 와라 스웨치가 지천이다
-그럼 가야겠네, 부리쌈에 스웨치 한 맛 나재
 시장 평상에 앉아 막걸리에 열무김치 안주 삼아
구름 같은 시절 풀어내는 사내의 어수룩한 한나절이 지나가고
정구지지짐 댓진처럼 밴 첩첩산중 그곳 어딘가에
꺽지나 텡가리 또는 버리밥에 든 감자처럼 둥굴둥굴한 말들
첫사랑처럼 까무룩히 잊었다가
빗소리나 눈발에 기대어
낯선 말 하나 몇 번이고 소리내보네
말이란 게 혼자 주고 받는 공깃돌인가
무르팍에 박힌 상처처럼 생생한
말의 무늬가 반짝이는 그대를 만나면
혀끝에 배이도록 되 뇌이곤 하는데

뭐지 '부리쌈에 스웨치'

그 맛에 침이 고인다

*부리 : 상추
*스웨치 : 왕고들빼기

ㄴ   ·

수런거리는 봄

건조장 지붕 틈새

새 몇 몇

연애 하고 있다

울다가 비비다가 날다가 꼬리치다가 올라탔다가 깃을 털다가

울다가 비비다가 날다가 꼬리치다가 올라탔다가 깃을 털다가

하늘을 난다

막

봄이 수런거리기 시작했다

떠나야 할 때

내가 관대하게 날려 보낸 새들은
다시 날아오지 않는다 새들은
다시 날아오는 것이 다시 날 수 없다는 것을 안다
애인에게 더 이상 편지를 쓰지 않았다
그립다는, 용서를 기다렸다 해도
침묵하기로 했다
침묵은, 그러나, 침묵 밖에
입을 열면
금세 휘발성 향기처럼 내 귀까지 솔아든다
내가 나를 의심하고 있구나
내가 나를 무너뜨린다
내가 관대하게 날려 보낸 새들이
내 눈이 닿지 않는 곳에 앉아 운다
내가 떠나야 할 때다

생태적 시인의 귀여운 농담

—허림 시집, 『거기, 내면』

한승태(시인)

생태적 시인의 귀여운 농담

―허림 시집, 『거기, 내면』

한 승 태

(시인)

　허림 시인은 내 고향 옆 동네 형이다. 그는 나와 달리 그 동
안 활발히 시집을 발표한 중견 시인이다. 그가 천착해 온 것은
잊힐 것 같은 서정을 되살리는 것이었다. 이번 시집도 그런 연장
선상에 있는 것으로 보인다. 특히 이번 시집에서 그가 보여주고
자 하는 것은 사라져가는 '어머이'의 말이다. 누구는 모국어라
고도 하겠지만 그는 진실로 자신의 '어머이'의 말로 '어머이'가
이해하는 시를 쓰고 싶어 한다. 시집 곳곳에는 그의 '어머이'께
서 평생을 살았을 홍천의 산골이, 강원도의 내면이, 대한민국의

내면이, '어머이'의 내면이 펼쳐진다. 그에게 내면은 어머니의 다름 아니다.

글을 읽어보겠다고 어머이는 한글을 배우셨다.

시가 어머이 입맛에 맞았으면 좋겠다.

— 「시인의 말」 전문

그는 이제 갓 한글을 깨친 '어머이'를 위해 쓴 글임을 서문에 밝혀둔다. 그의 시를 소개하는 나도 여기서 출발점을 삼아야겠다. 사실 가족, 그 중에서 어머니를 소재로 쓰는 글은 보편성에서 공감을 쉽게 불러올 수 있지만, 그러다 보면 너무 뻔해 보이기 때문에 시인 혹은 작가의 입장에서는 주저하거나 일부러 삭히는 경우가 많다. 그래도 이 뻔해 보이는 서문이 곡진함을 얻는 건 '어머이'가 난생 처음 자신의 말을 기록한 글을 알게 되었고, 그 '어머이'에게 읽히기 위해 시를 썼다는데 있을 것이다.

세상에는 깨달음을 전하려는 시가 있고, 사실을 전하려는 시가 있고, 풍자와 알레고리를 통해 각성을 요구하는 시도 있고, 이야기를 전달하는 시도 있고, 가르치고 설득하려는 시도 있고, 감각을 통해 그림과 음악에 이르거나 암시하는 시가 있는데, 서문에서 보다시피 그는 서정(Lyric)을 전달하는 시를 쓴다. 서정을 전하는 데는 양(羊)의 내장으로 울리는 현악기의 흐느낌이 있다. 짐승의 울음이 서정이다. 흙에 사는 짐승의 울음!

그러나 그가 시를 쓰는 현실은 녹녹치 않다. 그가 아무리 잘 차려입고 꾸며도 그의 몸에서는 풀 내가 나고 울렁증을 겪는다. 그러면 그의 '어머이'는 흙내를 맡으라고 부추긴다. 그렇기에 그가 시를 쓰는 이유도 있을 것이다.

엄마는

허수아비를 정애비라 부른다

나도

허수아비를 정애비라고 부른다

허수아비를 정애비라 부르는 건

우리 마을에서는

그저 그런 말인데

젖소를 보고 얼룩송아지라고 부르는 애들이

허수아비를 정애비라 한다고

시골뜨기라고 막 놀린다

—「정애비」 전문

시인의 삶이자 '어머이'의 삶일 텐데, 그는 사라져가는 시골 풍경을 발로 돌아다니며 채록하고 거기서 아예 목 놓아 울기도 한다. 그것이 마치 자기가 나온 자궁으로 돌아가는 길이라는 듯이, 풍경의 말을 빌리고, 그곳의 말투를 흉내 낸다. 그가 전하려는 것은 애잔함이다. 그것은 떠나가려는 애인을 돌이켜 세우는 일과 다름없다.

우리는 부모세대의 배고픔에 빚지고 있다. 그 배고픔이 조근조근한 말씀을 건네기도 한다. 늦은 저녁으로 먹는, '어머이'가

끓여주시는 칼국수 '저녁 한 끼'가 긴 생이 되기도 한다. "참을 수 없이 죽을 것만 같던 날들도 다 지나가고 / 더러는 슬퍼지기도 하고 그리워지기도 하"며, 같이 늙어가는 아들에게 "늙은 어머니는 한 국자 더 퍼 담으시며 / 속이 풀리게 훌훌 불며 먹으라고 하신다" 이렇게 분노며, 쓸쓸함이며, 외로움까지도 배고픔으로 풀이하고 해결하던 이들이 어머니. '어머이'는 마음의 고통과 슬픔까지도 풀라고 다독이고, 그는 "며칠 푹 쉬라는 어머니 말씀만 이명처럼 웅웅거"리는 한 겨울(을) 건너왔다. 그런 '어머이'의 사랑은 외상을 내서라도 내 새끼가 따뜻하면 그만인 것이다. 그래서 지나간 어둠이 경전처럼 적막이다.

늦은 밤
울다 잠든 아이의 눈물자국을 닦아주며
더 소리죽여 울었다

새벽까지 우는 새의 이름이 생각나지 않았다

울지 말아야겠다고 다짐한
또 하루의 밤이 지나갔다

　　　　　　　　　—「외상」 전문

울고 싶어도 울음이 전염될까 울 수도 없었던 그런 세월, "어둠도 깊고 슬픔도 깊은 먼 시간들이" 달려오는 터널 속을 지나왔다. 그러기에 "귓속에서 더 웅웅대는 굴멍의 울음"을 알게 되기도 한다. 그는 그 세월 속에서 지친 사람들을 만나기도 한다. 그들은 장마당의 사람들이고, 고향을 지키는 사람들이다. 설령 도시에서 만났더라도 고향을 떠나 도시를 떠돌며 고향의 자장 속에 공전하는 사람들이다. 그들을 만나는 것이 그의 삶이며 그의 시의 기록이기도 하다. 그래서 그의 시에는 떠돌이의 이력이 유독 많다. 내촌장을 필두로 그는 장돌뱅이 시인의 전력을 보여준다.

장마당을 서성대다가

얼굴 동그란 아낙네가 펼쳐놓은 다래를 조물락거리는 것은 시월이다

―「내촌장」 부분

산꾼 김씨도

땅꾼 장씨도

장마당 어귀 상남집 불판을 끼고 앉아 곰장어를 굽는다

흐린 하늘 탓에 먼 바다 해풍 맞은 소금기가 그리운 것이다

일찌감치 좌판 접고 대폿집에 앉아 내일 인제장을 부르는 것이다

—「연분홍치마가 봄바람에」 부분

어느덧 내면 장마당도 도토리묵처럼 어두워지고

달이 뜨고 솔부엉이 운다

지난 봄 바다로 간 아이들이 하늘의 별이 되었다

별 하나가 점점 밝아지더니 살별처럼 사라진다

—「나비를 따라가다」 부분

수산리 어부 서씨가

돕바에 털모자를 쓰고

통닭집과 채소집 사이에 좌판을 깐다

메기와 미꾸라지는 고무함지에 풀어놓고
잉어와 붕어는 채반에서 얼었다
아침나절부터 비린내를 찾지 않는다

—「신남장」 부분

춥다 춥다 해서
개털 돕바 몇 장 팔러왔다가
사람은 안 보이고 군인들만 기웃거려
피안의 절간 있다하여 찾아갔다

—「동송장」 부분

오랜만에 만항재 넘어
천천히 구불구불 정선에 든다
'든다'는 말이 세상 끝인 것 같다
들다보면 저녁 지나
밤, 어느 성운처럼
정선은 반짝이는 저안이다
저안에는 아직도

낮 술 밝힌 골목과
밤 불 밝힌 아라리가 출렁인다

         —「정선이라는 곳」 부분

그 많은 햇살이 어디로 갔을까
햇살의 행방처럼 그 많던 사투리는 어디로 갔을까
가끔 보이지 않던 별이 살별처럼 지나가듯
장마당에서 바람처럼 들려온 말 한 마디
—옥씨기는 마이 컸지유?
—내가 키우남 하늘이 키우지유.
구시장 평상에 앉아 막걸리에 열무김치 안주 삼아

         —「말의 무늬를 읽다」 부분

비록 시골의 장마당만 장이 아니다. 그가 찾는 도시의 후미진
먹자골목도 장마당이다. 장돌뱅이 시인, 역마살이 그의 본질 같
다. 예나 이제나 변하지 않은 건 사람의 땀과 그 땀이 스민 장
소이다. 그 장소들이 그를 오늘도 부른다. 거기서 그가 듣는 것
은 그들의 울음이고, 그들의 사연이다. 거기서 시인은 그들의

'붉은 깊이'를 알아내고, '시간의 무늬를 더듬' 듯 미세한 인생의 맛을 읽는다. 그러면서 세상 끝에 닿은 생을 엿보기도 한다.

그의 언어사전을 펼쳐보면, 그의 "몸도 생물이라 / 몸이 받아들인 물과 바람의 언어가 어찌 같겠냐"만 그의 '사투리 짙은 말투'가 육성으로 전달된다. "첩첩산중에 들어 / 맛이나 보라며 뜯어 준 풀떼기 / 엄마가 먹어보라며 주던" 그 맛을 모체로 삼고 있다. 그 이유는 사람답게 살고 키우기 위해서이다.

그러나 현실은 어떤가, 각종 미디어를 통해 언어가 통일되고 훼손되고 있다. "햇살처럼 그 많던 사투리는 어디로 갔을까" 그래서 그는 장마당에서 바람처럼 들려오는 말 한 마디를 놓치지 않고 받아 적고, 말의 무늬가 반짝이는 말 하나 만나면 혀끝에 배이도록 되뇌곤 한다.

오랜만에 서울 왔다가
누군가가 보고 싶어 전화를 하면
'반갑네. 어쩐 일이야. 이따가 만날까'
그 이따가 라는 말이
우리 집 밤나무에 걸린 달처럼 환해지기도 하는데

— 「이따가」 부분

그 옛날이나 지금이나 서울은 멀다
아무리 잘 차려 입고 가도 몸에선 풀 내가 난다
나는 갈 때마다 멀미를 한다
멀미는 제 울음 잃어버리지 않은 멧새 같다
울렁울렁하다
어머이는 멀미가 나려하면 흙내를 맡으라 했다

—「귀여운 농담」 부분

알구 가는 길이 어디 있다구.

그래두 갑시다. 정오의 해가 뜨는 저기, 아, 어머이도 아마 처음 아니것수. 수태 길을 다 갔다 해도 가다보면 처음처럼 또 살아보고 싶지 않것냐구유. 정게 함 대관령 넘을 때 '아이구 추운 눈밭에서 풀을 뜯는 양새끼들 구엽기도하지' 하던 그 양새끼들두 보구, 고갯마루에서 멀리 퍼런 바다두 보구, 살아 꿈틀대는 문어도 삶아 먹구. 얼릉 후딱 다녀옵시다.

가긴 간다만, 길이란 그리 만만치 않은 게다. 갔다 온다하고 여지 못 오는 그 많은 것들. 그들이 아직 바다든 하늘이든 아직 오는 중인데, 니는 아직 모를 게다. 내는 니 간 길 다 가봤잖느냐. 볼 것 못 볼 것 다 보지 않았겠냐.

참 울음도 많고 웃음도 넘치는 게 세상이다. 믿지 말란 게 아니다. 산을 넘자면 개울도 건너지 바위등강도 넘어야지, 자빠지고, 미끄러지고, 대가리 터진 일들. 돌아보니 다 보이는 거다. 이왕이면, 얼릉 다녀올 게 아니다.

눈깔 크게 뜨고, 천천히 노량 가자구나. 그래도 다 간다. 내 처지가 딱한데, 세상에 열손가락 안에 든 들 뭐하겠냐. 그런 허울보다 인자래도 노량 살아보구 나서 그때 다시 얘기하자구나. 으떠냐 좋자.

— 「노량 가니 좋구나」 부분

괘시기 갬벌에 사는 아낙네와 똑 닮았다며 한 대접 담아 달라면

맛을 아시는구먼유 서리 맞아 쪼글쪼글 걸 좀 골라 드셔유라며

한 줌 덤으로 얹어 주는 것도 시월인데

시월은 다 가고

문내같이 스미는 그대 사랑만

빈 행간에 남는 것이다

— 「내촌장」 부분

같은 하늘 아래 산다네

비 온다
문자하면

여기도 비 온다 하고

바람 분다 하면

여기도 바람 분다 하고

숨소리까지
여기서도 다 들린다고

같은 하늘 아래 살면서
마음만 오가는

—「지척」 부분

　나도 이렇게 멀리 지나와서 그의 시집을 읽고 보니 알겠다. 어머니로부터 배운 말들이 무엇이었는지. '지척'이나 '문내', '괘시기', '갬벌', '노량', '얼릉', '풀떼기', '이따가' 등, 이 어수룩한 내면의 언어들이며 김유정의 언어들을 통해 그는 스스로 파악한 시의 위치로 찾아가 머물고자 한다.

생태적 인간들이 내면에 산다
텡가리나 꺽지 뚜구리 같은

길순이는 가덕에 살고 종복이는 절애에 산다 영만이는 귀향하여 집을 지었고 지은이는 성을 짓겠다고 날 풀리길 기다린다 다들 성 하나씩 차지한 셈인데

성 생활이 어떤가 내면에 들면

춘하는 족대질을 한다 텡가리 뚜구리 꺽지 깔딱메기 모래무지 정도가 내가 아는 내면의 물괴기들이지만 갈겨니 쉬리 개리 어름치 열목어 묵납자루 돌고기 미꾸리 기름종개 붕어 장어 메기 돌무지 무지하게 많다

길순이는 불을 땐다 마른 낭구 젖은 낭구 가리지 않고 기막히게 불을 잘 넣는다 아궁이에 앉아 좀 거들라치면

'그 뭐시냐 좀 때봤냐 쑤석거리지 마라 불 꺼진다니 마누라 도
망간다니'

비료푸대에 담긴 괴기들이 장난이 아니다 어린 새끄래기들 놔주
고도 멧 사발이다 노강지에 무꾸를 삐져 넣고 막장 풀고 종복이
네 집에서 따온 표고에 만삼도 좀 눟구 대파도 어슷어슷 썰어 눟
구 참낭구 장작에 불을 댕겨 설설 끓두룩 우려낸 뒤 그 국물에 서
너 사발 괴기를 눟구 달치도록 끓여내면

'맛이랄 게 있나 좀 먹을 만 하다니'

내면에 들면 여태 저런 얘기가 이 계절 눈처럼 내리는데
내면하고도 웅숭깊은
고로쇠낭구 같은 원주민들

내 시는 여직 거기, 내면에 머물러 있다

—「거기, 내면」전문

텡가리나 뚜꾸리, 메기, 꺽지는 나도 좀 잡아봐서 안다. 그들
은 쉬리(우리 동네에서는 '세리'라고 했다)나 개리, 갈겨니처럼

빠른 물살을 거스르면 몸을 재게 놀리는 치들이 아니다. 그들은 큰 바위나 돌멩이 아래 자신의 터전을 마련하고 지나가는 먹이를 낚아채며, 자신의 새끼를 낳고 기르며 가꾸는 이들이다. 그러니까 내린천의 내면의 토박이들인 것이다. 그들이 짓는다는 하는 성이 아마도 그러할 것이며, 그 맛이 그들을 대변할 것이다. 도시 사람들은 그런 곳을 세상의 절애쯤으로 부르겠다. 그러니 그들이 아직도 원주민(이 말은 사실 같은 시대에 살아도 문화적 분리를 요구하는 말이지 싶다)이고, 마치 태고 적부터 그렇게 살아온 것처럼 생태적 인간이라 부르리라. 이곳이 그의 시의 위치이고 고향이다.

시집의 제목이 된 이 시를 보면, 시인은 이렇게 겸손하고 수줍게 말하는 듯하다. "시랄 게 뭐 있나, 좀 읽을 만하다니." 시인은 스스로 생태적 인간이고 공동체의 삶을 지탱하려는 존재이다. 공동체의 삶이 무너지는 현장을 그리거나, 사라져가는 모국어를 기록하고 잊지 않으려 혀끝에 배이도록 되뇌는 그의 작업은 백석을 닮아 있다. 이 말이 그에게 누가 될는지 모르겠으나, 백석의 아름다운 언어들을 그의 시에서 다시 만난다.

강원도 시인들의 시를 읽으면 그 내면에 백석이 살아있다는 걸 알겠다.

시인은 현재 자신의 떠도는 삶에서, 비루한 삶에서 현재적이다. 우리는 시인의 고향이 그가 아쉬워하고 그리워하는 세상에서 멀어질까봐 같이 걱정하였지만, 세상이 급변하니 오히려 그의 계절과 '생태'와 '웅숭깊은 원주민'들의 언어가 현대적이기까지 하다. 또 시인의 서정적인 세계를 형성하는데, 그의 어머니는 어떤 신비한 역할 담당했는지 시집을 통해서 확인할 수 있었다. 그의 시는 낭만적 서정을 그려내기보다 변모하고 있는 농촌지역의 정서를 사실적으로 보여주고 있다. 그런 의미에서 현대적이며 사실적이다.

그러나 「어느 노을의 기억」에서처럼 "한번 지나간 길은 통속적이다"라는 그의 시를 스스로 되뇌었으면 좋겠다. 나도 귀 없는 농담처럼 웅얼거려 본다. 시인은 익숙한 세상이 아닌 이미 다른 세상으로 망명하거나 다른 세상을 꿈꾸어야 한다.

랭보여! 다른 세상은 어디 있는가? 거기, 내면!

시와소금 시인선 050

거기, 내면

ⓒ허림, 2016, printed in Seoul, Korea

1판 1쇄 발행 2016년 09월 30일

지은이 허림
펴낸이 임세한
디자인 유재미 정지은
펴낸곳 시와소금
등록번호 제424호
등록일자 2014년 1월 28일
발행 강원 춘천시 충혼길20번길 4, 1층 (우-24436)
편집 서울 송파구 백제고분로45길 15, 302호(홍주빌딩)
전화 (02)766-1195, 010-5211-1195
이메일 sisogum@hanmail.net

ISBN 979-11-86550-26-7 03810

값 9,000원

• 이 시집은 강원도, 한국문화예술위원회, 강원문화재단 후원금으로 제작되었습니다.